Contraste insuffisant

NF Z 43-120-14

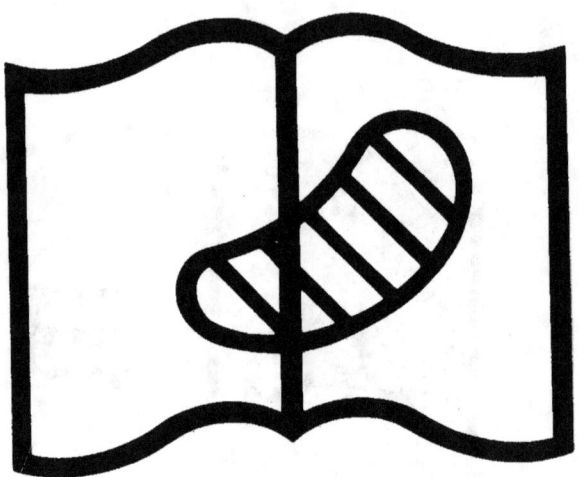

A MONSEIGNEVR
LE COMTE
DE HARCOVRT,
GRAND ESCVYER DE FRANCE,
VICE·ROY
EN
CATALOGNE·

ROSES vous estes prise, allez donc Renommée
Publier les grands faicts d'vne petite Armée,
Preschés par tout le los du Prince des guerriers :
Dites que ce HENRI ne trouue point d'obstacles
Qu'il empeschent de faire au monde des miracles,
Puisqu'il change si bien les Roses en Lauriers.

Dites à toutes gens ces beaux tours de souplesse,
Qu'il ioint à sa vertu auecque tant d'adresse,
Pour mieux faire esclatter son sens & sa valeur :
Puisqu'vn seul de ses coups produit deux belles choses,
Car il ôte en prenant ceste place de Roses,
Au Catalan l'Espine, au Castillan la Fleur.

Semés par l'Vniuers que maintenant l'Espagne,
Redoutant ce grand cœur luy quitte la Campagne,
Et poultronne qu'elle est croit faire vn grand effort,
D'abandonner la mer pour garder vn Riuage,
Et enterrer ses gens pour deffendre vn passage,
Mais qui s'enterre vif, craint-il pas trop sa mort?

Declamés hautement que ceste bonne teste,
Sçait bien choisir le temps pour faire vne conqueste,
Car il n'a pas voulu la Rose en son bouton,
Mais se seruant icy d'vne adresse inoüie,
Pour la prendre plus belle, & mieux espanoüie,
Il l'a cueillie en May vray mois de sa saison.

Annoncés que si bien iamais la fleur de France
N'a cy-deuant paru auec plus d'eminence,
Que le rouge & le blanc sont deux belles couleurs,
Qui parent sa beauté auec plus d'auantage,
Et puis c'est en effet vn parfait mariage,
De la Rose la Reyne, & du Lys Roy des fleurs.

Asseurés pour certain que ce grand Roy de France,
Pour honnorer HENRI de quelque recompense,
De tant de fruits diuers qu'il en a recueillis,
L'a fait son Vice-roy, & dis plus si tu oses,
Qu'il a mis sur son chef la Couronne de Roses,
Ne pouuant partager sa Couronne de Lys.

Par le Sieur DELOM.

LE MARIAGE
DU ROY
AVEC
LA PRINCESSE ROYALE
DE POLOGNE.
ODE

Accompagnée d'INSCRIPTIONS pour les ARCS DE
TRIOMPHE, erigez par MM. les Lieutenant de Roy,
Gouverneurs, Echevins, & Gens du Conseil de la Ville de Chaalons
en Champagne, lors du Passage & Séjour de la REINE en la
même Ville.

A CHAALONS,
Chez CLAUDE BOUCHARD, Libraire & Imprimeur
du Roy & de la Ville, à la Bible d'or.

M. DCC. XXV.
AVEC PERMISSION.

INSCRIPTION

POUR le Frontifpice de l'Arc de Triomphe , fous lequel la REINE
a fait fon entrée en la Ville de Chaalons.

Gale à fon Deftin , l'honneur du Diadême ,

Une REINE , la Vertu même ,

Marchant vers fon augufte Epoux ,

Daigne , heureux CITOYENS, habiter parmi vous.

*Sur le Bronze autrefois l'Hiftoire

Grava votre Fidelité.

Qu'aujourd'huy l'Amour & la Gloire

Y gravent à jamais votre félicité.

D. V.

* Le Roy Henry IV. voulant immortalifer la fidélité de la Ville de Chaalons , fit frapper
une Médaille en 1591. avec cette légende: CATHALAUNENSIS FIDEI MONUMENTUM.

LE MARIAGE
DU ROY
AVEC
LA PRINCESSE ROYALE
DE POLOGNE·
ODE.

OUY; France, le faint Hymenée
S'offre à toy, conduit par l'Amour.
Ta glorieufe Deftinée
Se déclare en cet heureux jour.
Ton Roy, dès fa plus tendre Enfance,
Cher objet de ton efpérance,
Précieux Refte de tes Rois,
LOUIS va combler ton attente,
Et fa Poftérité puiffante
Affeûrer l'Empire François.

Que son auguste Mariage
Donnera de Heros divers !
Heros, qui sçauront d'âge en âge,
Soumettre ou charmer l'Univers;
Les uns, Délices de la Terre,
Les autres, armez du Tonnerre . . . . .
Je les vois, ils frappent mes yeux.
BOURBONS, ils auront tous la gloire
De faire un jour dire à l'Histoire
Qu'ils ont égalé leurs Ayeux.

Cede à l'Amour, chaste Diane,
Ton Carquois, ton Arc & tes Traits.
Et puisque ce Dieu t'y condamne,
Quitte pour un temps les forêts ;
Tout l'Olimpe, dans cette Fête,
Qu'un Royal Hymen nous apprête,
Prend ses plus superbes atours.
Quoy ! sous l'habit de Chasseresse,
Voudrois-tu, terrible Déesse,
Effrayer les tendres Amours ?

Cent & cent fois bravant la rage
Des plus farouches fangliers,
De LOUIS le jeune Courage
Rompit leurs efforts meurtriers.
N'a-t'il donc pas fous tes aufpices,
Par les plus nobles exercices
Affez effayé fa Valeur ?
Echo, dans tes Bois en réfonne.
Mais la loüange, qu'elle donne,
Ne peut fuffire à fon grand Cœur.

Ainfi dans les champs de la Grece,
L'arc en main, le jeune Apollon
Faifoit triompher fon adreffe,
Fier vainqueur du ferpent Pithon.
Cependant la Nature entiere,
De fon immortelle lumiere
Attendoit les momens certains:
Bientôt il perce le nuage,
Et découvre un riant vifage
Aux vœux empreffez des humains.

De tout un Peuple , qui t'adore ,
Ainſi tu fixes les deſirs ,
Grand Roy. Que ta naiſſante Aurore
Nous annonce de doux plaiſirs !
Jette ſur le vaſte hemiſphere ,
Que déja ta préſence éclaire ,
Jette un œil tendre & bienfaiſant ;
Et ſous ton aſpect favorable
Cet Empire à jamais durable
Sera tranquille & floriſſant.

C'en eſt fait. L'aimable ſageſſe
Préſide à tes conſeils ſecrets.
Ton cœur , qui pour nous s'intereſſe ,
Inſpire & conduit tes projets.
Déſormais ton Hymen illuſtre
Va décorer d'un nouveau luſtre
Un brillant & ſuperbe Etat.
Tu couronnes la Vertu même ;
Et ton auguſte Diadême
En reçoit un nouvel éclat.

Mais vers toy la REINE s'avance.
Ah! Quelle eſt ta félicité!
Dans ſes regards quelle alliance
Et de grace & de Majeſté!
Génie heureux, Douceur charmante,
Piété ſolide & conſtante;
Que de dons & d'attraits vainqueurs!
Oüy, Prince, cette auguſte RÆINE,
Qu'un Deſtin favorable amene,
Regne, avec Toy, ſur tous les cœurs.

Les Jeux, l'Innocence & la Joye
Suivent la trace de ſes pas;
Les ſoupirs, que l'Amour envoye,
Rendent hommage à ſes appas.
Pompe faſtueuſe du Throne,
Au vif éclat de ſa Perſonne
Qu'ajouterez-vous en ce jour?
Vous ſeules, Graces ingenuës,
Avec les Vertus, confonduës,
Suffiſez pour former ſa Cour.

Que tout à ſes charmes réponde.

Qu'à ſon abord chaque Element,

L'Air & le Feu, la Terre & l'Onde,

Marque un ſubit étonnement.

Beaux Arts, déployez vôtre zele;

Qu'un Pinceau, qu'un Burin fidele

Expriment ſes traits précieux.

Eſt-ce Pallas, ou Cytherée ?

Non. C'eſt vous, ô divine ASTRE'E,

Qui pour nous deſcendez des Cieux.

A LA REINE.

Tracer ainſi ton caractere,

Grande REINE, eſt-ce être indiſcret ?

Ta délicateſſe ſevere

S'y prêteroit-elle à regret ?

Ah ! Qu'il eſt beau, qu'une IMMORTELLE,

D'un timide, mais tendre zele

Approuve l'innocente ardeur !

Ma foible Muſe, dans ces Rimes

N'a touché tes vertus ſublimes,

Que pour peindre notre bonheur.

Par ſon très-humble, très-obéiſſant
& très-fidele ſerviteur & ſujet
DEPINTEVILLE VAUGENCY,
Chanoine de l'Egliſe Cathédrale de Chaalons.

INSCRIPTION

POUR le Frontispice de l'Arc de Triomphe sous lequel la REINE
doit passer le jour de son départ de la Ville de Chaalons.

Uoy ! déja quitter ce séjour !

REINE, ta Gloire ainsi l'ordonne.

Vole sur les pas de l'Amour ,

Vers un Epoux qui te couronne.

Attachez à ton Char, Esclaves trop heureux,

Nos Coeurs iront porter jusques aux pieds du Throne

Et nos hommages & nos vœux.

D. V

DEVISE.

VNE LVNE ECLIPSEE.

Cresciuta manco.

Deuenuë grande ie defaux.

SVR LA MORT DE LA DVCHESSE D'ARPAION.

SONNET.

BELLE d'vne beauté pudique & rayonnante,
I'eus des feux sans chaleur, i'éclairay sans brûler:
Nulle autre ne me pût en douceur égaler,
Ny faire plus d'Amans, sans deuenir Amante.

Grande d'vne grandeur modeste & bienfaisante,
On me vit sans orgueil ma lumiere étaler:
Ie sceus paroistre en temps, comme en temps me voiler;
Et sans fumer iamais, ie fus tousiours luisante.

Aprés tout, ie suis morte; & tant de qualitez,
Qui iadis m'auroient mise au rang des Deïtez,
N'ont pû me garantir de ces ombres funebres.

Voyez, petits Flambeaux, comme vn peu de splendeur,
Pourra vous preseruer de semblables tenebres,
Si i'en suis éclipsée au point de ma grandeur.

Y4

A

EPITAPHE
DE MARIE
DE SIMEANE DE MONCHAS
DVCHESSE D'ARPAION.

SONNET

SIMEANE, *qui fut si charmante & si belle,*
N'est plus qu'ombre & que cendre en ce triste
 Tombeau :
D'vn si grand, d'vn si doux, & si rare Flambeau,
Il ne nous reste pas vne seule étincelle.

En vain, pour l'exempter de la Loy naturelle,
La Vertu proposa de faire vn Droit nouueau :
En vain, pour la sauuer du funebre ciseau,
L'Amour flata la Parque, & la pria pour elle.

Graces, Beautez, Grandeurs, Idoles des Humains,
A quoy bon desormais vous faire à pleines mains,
Des offrandes d'encens aussi faux que profane ?

Quoy que la Flatterie ose chanter de vous,
Caduques Deïtez, la mort de Simeane,
Vous declare auiourd'huy mortelles comme nous.